그래도 괜찮아

그래도 괜찮아

2024년 6월 15일 제 1판 인쇄 발행

지 은 이 | 김영승
펴 낸 이 | 박종래
펴 낸 곳 | 도서출판 명성서림

등록번호 | 301-2014-013
주　　소 | 04625 서울시 중구 필동로 6(2층·3층)
대표전화 | 02)2277-2800
팩　　스 | 02)2277-8945
이 메 일 | ms8944@chol.com

값 10,000원
ISBN 979-11-93543-91-7

이 도서는 진도군의 2024년도 문화진흥기금 지원사업에
선정되어 발간된 작품입니다.

그래도 괜찮아

- 세월을 이기는 사람은 없다 -

김영승 제26시집

도서출판 명성서림

발간사

혼돈의 세상을 살아가고 있는 나는
오늘도 컴퓨터 앞에 앉아 글을 쓴다.
어쩌면 세상은 나를 글을 쓰게 하는지 모른다.
글을 쓰는 시간만큼은 행복하다.
살아오면서 많은 역경도 넘기면서 나 자신에게 위로를 한다.
아직 살아 있으니 희망이 있고 희망이 있으니 할 일도 있다.
그래서 이번 26번째 시집 제목도 "그래도 괜찮아"로
정했는지 모른다.
나는 내가 자주 쓰는 말이 있다.
아무 일도 하지 않으면 아무 일도 일어나지 않는다.
할 수 있다고 생각하는 사람은 뭐든지 할 수 있지만
할 수 없다고 하는 사람은 아무것도 할 수 없다.
지금 서 있는 이 자리가 가장 중요한 자리라고 생각한다.
서 있는 사람은 언제든지 걸어갈 수 있지만
누워있는 사람은 절대 걸어갈 수가 없다.
이 시집을 여러분께 바친다.

현봉 창작실에서 김영승

발간사 5

1부 • 고군의 노래

고군의 노래 12
진도송珍島頌 14
개떡 같은 세상 17
사람들아 18
그대여 19
봄 쑥 20
첫 마음 21
농부의 꽃 신발 22
설불리 23
울돌목 명량 위에 시를 얹다 24
김삿갓 울돌목에 오다 25
보배섬의 울림 26
물 27
유배의 춤 28
생일상을 받으며 30
내일이란 31
시간 32
그때 그 우체국 33
추억의 우체국 거리 34
인생은 본래 외로운 것이다 36

2부 • 삶을 뒤돌아 보며

연 38

왼 손 39

옥주골 문화창작소 40

비우고 살아가세 41

원 플러스 원 42

아름다운 세상 44

7전 8기 45

나는 참 46

눈물밥 48

친구야 인생 별거 있드나 50

나는 공주로 간다 52

삶을 뒤돌아보며 54

백제여 말해다오 55

모 기 56

영산포 홍어 거리 57

이래도 되는 겁니까 58

덧없는 세월 59

하얀 나라 60

남도진성 61

인생 항구 62

3부 • 꽃은 안다

꽃은 안다	64
봄을 알리며	65
봄은 느리는데	66
10월 국화 사랑	67
철쭉꽃 필 때면	68
해당화 다시 피어도	70
상사화에 물들어 버린 사랑	71
11월의 해당화는	72
목련	73
해당화	74
봉숭아 꽃물	75
물봉선화	76
마르티아나	77
일일초	78
후리지아	79
유달산 춘백	80
유도화(협죽도)	82
사랑이 꽃을 피워요	83
입춘을 맞아	84
그리움 그리고......	85

4부 • 노랑 리본 날다

노랑 리본 날다 88
님의 향기 89
한송이 꽃이 되어 90
떠나는 친구에게 92
천사이어라 94
내가 만약 너라면 95
길 잃은 참새 한 마리 96
길 끝에서 98
청목 하영규 친구야 100
바다는 102
견우와 직녀가 되어 만나다 103
잃어버린 별들에게 104
병상에서 106
술친구 107
고맙다 친구여! 108
사람 향기 109
몸과 마음 110
그래도 괜찮아 111

평론 114

1

고군의 노래

고군의 노래

첨철산에 정기받아
동촌에서 해가뜨니
고성평야 무르익고
바쁜일손 희망얻어
고군사람 단결되고
돌깨재에 깃발올려
충무공에 나라사랑
오룡골에 승천하네

오산평야 마산해역
농촌어촌 할것없이
서로서로 단합하여
꿈을이룬 부촌마을
바닷길에 배띄우고
어장관리 밤낮없이
웃음소리 퍼져나니
황조동백 빛이나네

용호가계 선창가에
만선채운 고깃배야
자식사랑 교육열에
너와내가 따로없고
회동에는 모세기적
금호도에 돛을올려
부귀영화 곳간되어
고군사람 노래하네.

진도송珍島頌

진도대교 雲霧속에
태양은 떠오르고
若無湖南 是無國家
忠武公의 울돌목에
沃州고을 꽃이 핀다

尖凸山 정기받아
1년이면 한번씩
바닷길이 열리면은
沃州사람 希望찾아
所願빌러 찾아온다

金骨山에 마이애불
부처님의 恩惠이고
珍島사람 평화롭고
사이좋고 우애있게
선비처럼 살라하네

雲林山房 雙溪寺에
歌樂소리 울려퍼져
사랑이 다가오는 곳
아리랑 어깨 춤이
나도 몰래 절로 나네

가고 오는 沃州장터
사람 사는 정이 있고
쉬미 해창 바닷길에
海上교통 열리나니
沃州經濟 살찌우네

知力山에 말띄우고
푸른초원 드넓나니
知山人들 순진하고
익어가는 오곡백과
물결치며 다가온다

女貴山의 女身像은
자식사랑 참사랑에
품안에 자식이라
앞을 보고 나가라고
所願成就 빌어주네

細方落照 해가지면
어둠속에 헤매일 때
팽목항에 달이떠서
鳥島가는 뱃길따라
引導하는 달빛되네.

개떡 같은 세상

내 책상 위에는 책이 없소
내 책상 위에는 그 흔한 컴퓨터가 없소
내 책상 위에는 글 쓸 종이 하나 남기지 않았오
세상이 썩어 단절하고 싶을 뿐이요
기득권의 높은 놈들의 행동이 거울을 보듯
부정부패의 썩은 냄새가 펄펄 나기 때문이요

내가 아무리 글을 써서 외쳐도 소용이 없소
귀가 뚫리지 않은 놈들이요
그런 세상에서 살아가는 우리는
참 불쌍하오
그래서 내 책상위의 모든 것을 치워버렸소
그렇게하면 마음이 편할 줄 알았는데
매 마찬가지요
지금은 어떻게 할 줄을 모르겠소
개떡 같은 세상이요.

사람들아

이보소
사람들아
나, 사랑 한 잔 주소
사랑이 너무 고프다오

때가 되면
밥을 찾듯이
나이들면
꼭 필요한 것
사랑 아니겠는가?

이보소
사람들아
나 사랑 한 잔 가져다주소!

그대여

앉아서 무얼 생각하는가
앞에는 무엇이 보이는가
산과 하늘과 바다인가
새와 바람과 구름인가

삼라만상 모든 것이
그대 앞에 펼쳐지고 있네
모든 시름 내려놓고
그대여 즐기게나!

남에게 보여줄 수는 없어도
그대는 맘껏 즐길 수 있을 걸세!
인생 뭐 있겠나 그게 인생이지.

봄 쑥

봄 쑥이
쑥쑥
올라오고 있다
이 시끄러운 세상
아무것도 모르고
고개를 내밀고
세상을 두리 번 거리며
쑥쑥 올라오고 있다

그래도 우리는
봄 쑥 마냥
언제나 희망이 있다
아무리 긴 밤이라 할지라도
기어이 아침이 오는 것처럼
쑥이 쑥쑥 올라오고 있다

그저 정직하게
돌을 피해서도 나오고
뿌리를 피해서도 나오고
어떠한 장애물이 있어도
쑥은 쑥 타령을 하지 않는다.

첫 마음

예약도 없이
몰래 다가왔다
그리고 안겼다

가슴에도 들렸다
쿵쿵
심장은 빨라지고 있었다

빨간 동백처럼
들키고 말았다
첫 마음.

농부의 꽃 신발

어느 여름날
농부의 꽃신발
검정 고무신
당신 꽃 신발 내 꽃 신발
서로 바라보며 활짝 웃는다.

선불리

그대여!
선불리 사랑이라고 말하지마오
사랑이 그리 쉬운게 아니라오

그대여!
선불리 떠나간다 하지마오
떠난다는 것이 그리 쉬운 것만은 아니라오

그대여!
선불리 보고싶다 말하지마오
미치도록 보고싶을 때 그 때 보고싶다 말하는 것이라오

그대여!
선불리 행복이라고 말하지마오
행복이란 늘 불행히 곁을 따라다니는 것이라오.

울돌목 명량 위에 시를 얹다

울돌목
명량 위에
판옥선은 그 많은 세월을
거친 바람과 함께
영혼의 울림으로 흐른다

충무공 호령소리
물살을 가르며
난중일기를 읽히듯이
명량 위에 시를 살포시 얹어놓는다.

김삿갓 울돌목에 오다

김삿갓 울돌목에 앉아
비를 부르니 비가 오고
바람을 부르니 바람이 불고
바다물을 보고 손을 저으니
파도가 일렁이도다

나 또한 궁금해 묻길래
그대가 물으니 대답하노라
그래 그대가 알고 있는
그대로 일세!
궁금증이 좀 풀렸는가?

사람들아 사람들아
욕심내지 말고 순리대로
비우고 비우고 또 비워
초심으로 돌아가세나!
그게 우리가 지니고 살아야 할 기본인 걸세!

알았능가!
알았으면 대답하지 말고
그대로 행동으로 보여주고
그리고 사랑으로 사시게나!

보배섬의 울림

보배섬 진도는
어디를 가도 예술이 젖어 있더라
진도의 산과 바다와 땅과 하늘에도
울림이 넘치는 예술이더라.

보배섬 진도는
어린아이의 울음소리도 가락이요
부엌의 그을린 벽 속에 사군자가 탄생하고
흘린 물 자욱 속에도 시는 피어나더라.

보배섬 진도는
어디를 가더라도
흥에 넘치는 예술이더라
울림이 넘치는 예술이더라

보배섬 진도
그 속에 내가 살아가노라
내가 바로 예술이더라
그게 진도이더라.

물

내가 태어난 곳은
물이다
하여 내 고향은
물이다

내가 살아갈 곳도
물이다
삶의 관계에서
사랑의 힘을 빌릴 곳도
물이다

하여 내 인생은 물로 시작하여
물로 끝이 난다

물은
하여 없어서는 안 될
우리 인간에게
가장 중요한 생명인 것이다.

유배의 춤

땅 위에
닿을 듯 말 듯
사뿐사뿐 걷는 모습이
하얀 갈대가 소복을 걸쳐 입은 듯
흐느적거림으로 다가온다

손동작 발동작 하나하나에
설움은 연기처럼 피어오르고
영혼의 꼬리를 따라
따뜻한 춤사위 위로를 삼고
하늘 향해 오른다

창백한 얼굴로
초승달에 몸을 실어
한 맺힌 가슴에 흘러내리는 눈물
아픔의 씨앗으로 다가와
낯선 땅에 냉가슴 앓는다

포승줄에 죄인 되어
인적없는 타지에서
한 많은 은둔생활 지치고 지쳐갈 때
춤사위로 눈물을 닦아주고
가락으로 아픈 마음 달래주네.

생일상을 받으며

이른 새벽에 일어나
정성으로 끓여 준 미역국
고마운 마음에 목이 메여
잘 넘어가지 않는다

젖어오는 눈시울
콧 속을 타고 내리는 눈물을
들킬까봐 고개 숙인 채
한 술 한 술 목에 넘긴다

님이 알면
청승 떤다고 흉보겠지만
정작 이 미역국을 드셔야 할 사람은
여기에 계시지 않는다

생일상을 받는 날이면
돌아가신 부모님이 생각나고
무척 그리워지는 날이다.

내일이란

아무리 기다려도
돌아오지 않는 날은
항상 내일이다

살면서 내일을 만난다는 것은
불가능한 날이다
자고나면 올것 같지만
또 다시 내일은
내일로 남을 것이다

내일을 기다리는 사람은
아무 일도 못한다
오늘 지금이 가장 중요한 날이다.

시간

시간은
그 어떤 것이든
서서 바라보며
기다리지않는다

시간을
기다리는 것은
참 어리석은 일이다

최선을 다해
열심히 찾는 사람들에게는
시간은 항상 동행한다

시간은
부지런한 사람이 가져가는
아름다운 최고의 선물이다.

그때 그 우체국

우체국 길 모퉁이
늘 진도개 한마리 앉아있다
우체국을 찾는 사람들
개를 쓰다듬으며 지나간다

사람 발길이 끊이지않는
우체국은 삶의 현장이다
개 주인은 푸성귀를 가져와
팔고있는 산너매 할머니다

할머니는 그날 그날 번돈
우체국에 저금을 하고
집으로 돌아가는 길
진도개 한마리 앞서거니 뒤서거니 호위를 한다

세월 속에 서서보니
우체국도 옮겨 가고
사람들의 발길도 끊겨
푸성귀를 팔던 할머니도 보이지않는다.

추억의 우체국 거리

늘 바빴던 곳
삶이 살아 움직이는 그곳에는
애환이 묻어나는 추억이 있다

가난을 이겨보자고
어린 나이 공장으로 떠났던 누이
보고 싶어 전보를 치던 곳

누이는 작은 봉급 쪼개어
남동생 가르치라고 전신환으로 보내면
아버지는 아들에게 다시 보냈던 곳

빨간 자전거에 묵직한
우편 배낭을 싣고 달리는 우체부 아저씨
동네 꼬마들은 졸졸 뒤 따라다닌 추억

순서를 기다리며 다이얼을 돌려
전화를 하고 전화요금 때문에
빨리 말하던 버릇이 지금까지 왔다

그 추억의 거리는 그대로인데
리어카에 수박을 팔던 석가정 시인은
오래전 산으로 가고 없다.

인생은 본래 외로운 것이다

인생은
남자로 때어나도
여자로 태어나도
본래 외로운 것이다

언젠가 외롭다는 것을
느껴본 적이 있을 것이다
비오는 거리를 걷다가
가로등 밑에 기대어
머리에서 빗물이 뚝뚝 떨어질 때
더욱 외로움을 느꼈을 것이다

남자는 자존심 때문에
가슴에 숨기고 살기에
외롭지 않게 보일 뿐이고
여자들만 외로운 것처럼
보일 뿐이다.

2

삶을 뒤돌아 보며

연

당기고 늦추는
얼레 짓에
끝없이 펼쳐진 인연 줄
바람 따라 흐르는
비상의 꿈.

왼 손

네가 만약
거기에 없었더라면
남들은 나를 보고
수군거리고 놀리고
손가락질했을지도 모른다

그래도 다행히
네가 거기에 있어
버텨주고 있었기에
얼마나 다행인지 모른다.

옥주골 문화창작소

진도의 예술은 으뜸이더라
진도의 으뜸은 예술이더라

진도는 생활이 예술이더라
진도의 예술은 생활이더라

진도의 곳곳은 예술이 넘치더라
진도는 뚜껑 없는 박물관이더라

진도는 아리랑 예술이 있더라
진도는 시서화의 고향이더라

그 중심에 선 옥주골 창작소는
수많은 예술을 담는 창고이더라.

비우고 살아가세

저기 저
활짝 웃는 사람이라 할지라도
이런 저런 사연없는 사람 있을꺼나!

근심 걱정 없는 사람 있을 꺼나!
아픔 슬픔 없는 사람 있을꺼나!

사람이 사는 곳에는
이런 일 저런 일
돌고도는 세상 속엔
언제나 공존하며 살아간다

그리하야 우리 말일세
그러러니 하고 비우고 살아가세!

원 플러스 원

요즘 마트나 편의점에 가면
가격 밑에 1+1이 눈에 들어온다

지나치다가 1+1 앞에 멈춰서
이리저리 살펴보며 카트에 넣는다

고객 눈에 벗어난 상품
다 되가는 유통기간
어찌 됐든 짝지어 놓으니 팔린다

절대 외로워서 묶어놓은 것은 아닌 것 같다

우리 인생도 마트나 편의점 처럼
짝으로 묶어주면 관심을 줄까

혼자 서서 가는 길에
덤으로 1+1 하면 덜 외로울까

사방을 둘러보고 쇼핑하며
인생도 마트의 1+1처럼

만져주고 관심을 보내는
그 맛에 사는지도 모른다

절대 외로워서만 묶어놓은 것은 아닌 것 같다.

아름다운 세상

황량한 겨울길에 나서니
구름도 흘러가고
바람도 흘러가고
강물도 쉬임없이 흘러가고 있습니다

흐르는 자연과 서 있으니
내마음도 함께 흐르는 것 같습니다
흘러가는 만큼 다시 채울 수 있어
세상은 아름답습니다

아름다운 세상에서
사랑하는 사람과 행복하게 살아간다는 건
나만이 가질 수 있는
특권이라 생각합니다.

7전 8기

7전 8기란
절박함 속에
울부짖는 한 맺힌 응원가요

비 오는 날 가로등 불빛에
기대어 기다리는 사람이
없으면서도 기다리는
혹시나 하는 기다림의 장소요

모두가 떠난 뒤 창밖을 보며
홀로 남아 마지막 눈물 젖은 빵
꾸역꾸역 눈물에 섞여 먹어본 사람만이
알 수 있는 말이 7전 8기요

깊은 수렁에 빠져 헤매는
처절한 그 손을
이제는 잡아 줄 때입니다.

나는 참

나는 참 기분이 좋다
굳이 물어 온다면
그냥 마음이 편해서 좋다

힘든 세상에 발을 들여놓았지만
오고 가는 사람들의 인사에
왠지 힘이 나는 것 같아 좋다

좋다좋다 하니 더 좋다
특별히 좋은 일도 없지만
세상이 다 친구여서 좋다

산 위에서 떨어지는
햇살들을 주워 숨을 쉬는
자연의 노랫소리가 좋다

길을 떠나는 나그네
목이 말라 갈증을 느낄 때
산머루 다가와 계절을 적셔 좋다

나는 기분이 참 좋다
이래서 좋고 저래서 좋고
좋다 좋다 하니 더 좋아지는구나.

눈물밥

혼자 먹는 밥은
아무리 맛있게 보여도
맛이 없다
반찬이 없는 것도 아니지만
혼자서 생활하는 사람들은
밥먹는 방법이 거의 비슷하다

보통 밥먹는 방법이 두가지다
그냥 물에 말아 훌훌 넘기는 것과
이것 저것 집어넣고 고추장에 비벼먹는 것
그 밥은 우리가 살아가기 위해서
살기 위해서 안간힘을 쓰면서 먹는 방법이다

외로워서 울고 혼자여서 울고
눈물을 삼키며 넘기는 그 밥이
무슨맛이 있으랴
혼자 지내는 사람의 친구는
두가지가 있다
파리체와 효자손이다
등 가려울 때 쓰는 물건들이다

오늘은 눈물밥 대신
눈물젖은 빵을 한번 먹어보기로 하자
역시 혼자 먹는 빵도 맛있게는 보여도
맛이 없다
이 시대를 살아가는 남자들의 모습이다.

친구야 인생 별거 있드나

친구야 친구야
인생사는 거 별거 있드나

항상 좀 부족한 듯 살면서
긍정적으로 살면 어떠드나

인생사는 거 너무 아둥바둥
그렇게 살 필요 있드나

인생의 정답은 없는 거 같고
잘나도 못나도 한 인생이더라

오늘이 아무리 힘들어도
우리에겐 내일이 있어 희망이 있더라

그러니 그냥 그러려니 하고
닥치는데로 살아보세나

아니꼽고 더러워도 참고 견디면
친구야 별거 있드나

인생은 공수래 공수거
어차피 한세상 살다 가는 거네

있으면 있는 데로 살고
없으면 없는 데로 살면 되지 않더나

그렇게 살다보니 이순을 넘기며
여기까지 왔지 않는가 말일세

매듭매듭 엮어져도 애써 풀려하지 말고
세월이 가다보면 삭아져 자연히 풀리는 걸세

인생 뭐 있드나
친구야 인생 별거 아니더라 살아보니……

나는 공주로 간다

오늘 나는 공주로 간다
진도대교를 건너 목포를 지나서
군산 새만금을 넘어
백제의 수도였던 부여
공주의 공산성에 발을 내려놓는다

무령왕의 숨소리가 아직도 들리고
백제의 피다 진 꽃잎마저도
그 설움의 시간을 잊어버리려는 듯
마른가지에 붙어 애달프다

공주에 풀꽃은 다른가 보다
오래 보아야 한다고 한다
그래서 오래 보았더니
백제의 천년을 지켜온
키다리 쑥꽃도 꽃으로 보인다
거기에 개망초도 키재기 한다

거역할 수 없는 내 삶의 뿌리에서
역사를 되돌려 백제의 땅을
밟고 서 있으니 만감이 교차한다
내 아버지에 아버지가 살았고
그 아버지에 아버지가 대를 이어
살아왔던 웅진 백제시대의 땅을
수많은 전설 속에 아직 나는 걸어가고 있다.

삶을 뒤돌아보며

강을 하나 건너 온 것만 같다.
산을 하나 너머 온 것만 같다
삶은 그렇게 만만하지 않았다
그게 인생인가 보다

부모님의 사랑을 받고 자랄 때가
내게 최고의 행복한 시간이 아닐까
가끔 그런생각을 하게 된다
나의 살아온 삶을 뒤돌아보니 그렇다

삭막한 세상에 알몸으로 서서
매서운 칼바람을 맞으며
헤쳐 나가는 세월은 매정하게
나의 삶 속으로 들어와 밀어내려 한다.

백제여 말해다오

나라 잃고 왕이 있어 무엇 하리오
왕을 잃고 나라가 있다한들 무엇 하리오
의지할 곳 없는 백제 땅에
살아가야 한들 무엇 하리오

살아도 산 것이 아니요
죽어도 죽은 것이 아니로다
나라 잃은 서러움보다
당나라의 더러운 몸이 되는 것이 더 싫소이다

사비성 언덕 위에
몸을 던져 차라리 죽는 것이
백제를 지켜냈던 영혼들에 죄를 짓지 않음이니
옳고 그름을 알겠나이다

백제여 말해다오
내 몸 속에 흐르는 피는 영원한 백제요
아직도 백제의 끝자락 진도에 살고 있으니
아~ 어찌해야 합니까?

모 기

웽웽웽 모기가
내주위를 돌면서
간을 본다

어디 부위의 피가 맛있을까 하며
빙빙 돌면서 간을 본다

하찮한 것이
같잖은 것이
뒤질줄 모르고
코 위에서 씩씩 거린다

두손으로 탁!
"엣따 뒤져부러라"
순식간에 압사당한다

방금 피를 빨던 모기에서
내 피가 튕겨 나온다.

영산포 홍어 거리

흑산도 바다 넘어
돌고 돌아 돌아온 길
영산포 홍어 거리
주막집 이모님
손놀림이 바쁘다

곰삭은 항아리 속
튀어 나온 홍어 한 마리
알싸한 홍어 앳국
콧등에 영글은 식은땀
허한 마음 달래주네

막걸리 한 사발 앞에
오고 가는 대화 속
따스운 정이 다가오고
톡 쏘는 홍어 한점
우리 사랑이 넘쳐난다.

이래도 되는 겁니까

사람들이여
이래도 되는 겁니까

왜 그리 사랑하지 않나요
서로서로 사랑하세요

남의 가슴 난도질하면
그러면 마음이 편하시나요

글을 쓰는 당신은
선비라고 부릅니다

절대 그러시면 안됩니다
상처는 가슴에 못이 됩니다.

덧없는 세월

세월이 간다
물 흐르듯 덧없이 간다
자고나면 그 자리가 아니고
저만큼 나를 데려다 놓으며
세월은 덧없이 간다

항상 그자리에 있을 것 같은
자상은 자꾸만 변해 간다
모든 것은 변하고 흐르고
세월에 못이겨 울고 웃으며
밀려서 간다

사랑도 간다
불타던 그 사랑도 식어
덧없이 간다
붙잡아도 소용없는 그 길에는
세월만 서 있을 뿐이다.

하얀 나라

하얀나라에는
천사가 살아가는 둥지일까
곱고도 고운 한줄기 빛

사랑을 만들어 가고
사랑을 키워가는 그곳은
요술쟁이 텃밭이다

아름다운 미인들이 살며
변신에 변신을 가꾸어 주는
천사의 심부름꾼인가

욕심없고 착한 하얀나라
별 하나의 사랑과 별 둘에 사랑을
온 세상에 뿌려놓는다

사랑이 필요 하시나요
예쁜 천사들이 살아가는
하얀나라로 오세요.

남도진성

삼별초의 마지막 진성
말발굽소리 끊기고
오랑국의 병사는 간 곳없고
슬픈 여인의 울음소리
처량한 밤을 뚫는다

스산한 바람
가까워지는 파도소리
지친 민초는 밤을 이기지 못하고
꾸벅꾸벅 졸고 있다

남도진성 쌍교위에
달 떠 오르면
두고온 가족생각에 젖어
그리움만 한없는 가슴에 남아
쓸려간 모래톱 만큼
아픈 상흔만 남는다.

인생 항구

당신과 함께함이
생활 속에 즐거움이 되고
삶의 활력소가 되었으면
좋겠습니다

세상과 소통하며
당신의 동반자로서
영원히 곁에 남아 있으면
좋겠습니다

인생의 항구에서
길을 인도하는 등대처럼
믿음이라는 길을
사랑으로 키워갔으면
좋겠습니다.

3

꽃은 안다

꽃은 안다

꽃은 말을 안해도
너무 잘 안다

꽃은 곱게 피는 희망이
존재하는 걸 알지만

언젠가는 꽃이 저절로
시들어져야 하는 슬픔이
존재한다는 것도 안다

세월은 잡지 못하고
흘러가는 것이다
그래서 세월은 밉다.

봄을 알리며

옷깃을 여미며
아지랑이 가끔 피어오르고
묵은 때 털어내니

산뜻한 마음 기분 좋아
한 겹 두 겹 벗어 던지면

봄은 성큼 다가와
옆구리 간지럼으로
인기척을 한다.

어미 곁에 잠자던 강아지
마당에서 재주 돌며
봄소식 물어 온다.

봄은 느리는데

오기 싫어 안 오는가
이웃 겨울 보내기 아쉬워
떠나는 거 보고 오려는가

더디기만한 봄소식
목련은 활짝 피는데
왜 그리 못 오시는가

떠나간 첫사랑처럼
다시오지 못할 길인양
봄아! 왜 그리 느리는가?

10월 국화 사랑

아무것도 모르고
기대감 속에 다가섰던
당신이 내 마음속으로 걸어 들어오는 날
미로에 섰던 미적분이 풀리고 있다

사랑은 황홀한 무지개 빛으로
노란국화 향기를 내 뿜으며
빛나고 있음을 피부로 느낄 수 있었다

10월의 인기척을 들으며
사랑은 영글어 익어가면서
외로움을 밀어내고 있다.

철쭉꽃 필 때면

빨간 철쭉 하얀 철쭉
서로서로 얼굴 내밀며
화사하게 핀 사월 초하루 날

당신은 철쭉 길을 따라
말없이 우리 곁을 떠났습니다
철쭉들의 배웅하는 소리를 들으며

사랑하는 님의 손도 놓고
자식들의 손도 차마 잡지 못하고
그렇게 떠나갔습니다.

그 멀고 먼거리를 혼자서
외롭게 외롭게 손을 흔들며
하늘나라까지 쉬지 않고 가셨습니다

당신은 떠나가셨지만
사랑하는 사람과 자식들은
넋 나간 사람처럼 발을 동동 구르며

돌아올 수 없는 당신을 부르고
당신이 남기고 간 체취를 맡으며
내년 사월 초하루의 만남을 위해 기다립니다.

(아버님 기일, 음력 4월 초하루)

해당화 다시 피어도

해당화 꽃잎이 지기도 전에
당신은 홀연히
내 곁을
말없이 떠나갔습니다

아주 멀리
떠나갔습니다
해당화 다시 피어도
돌아보지도 않고 가시니

가신 님을
만나는 길은
이제 꿈길 밖에 없나 봅니다.

상사화에 물들어 버린 사랑

내가 당신을 찾을 땐
당신은 거기 없었소
내가 당신을 사랑하고 싶을 땐
당신은 또 거기에 없었소

우리는 상사화에 물든
상사화를 닮은 슬픈 사랑이기에
당신을 포기하는 길이
당신을 놓아주는 길이었소

초심으로 돌아가고 싶은데
당신은 거기에 없고
사랑도 미움도 부질없는
한낮 부러진 꽃 대롱에 불과하였소

우리는 마치 상사화에 물든
슬픈 사랑이 싹틔우듯
이승을 안고 도는 이루지 못한
너와 나의 못다 한 사랑 이야기.

11월의 해당화는

무슨 사연이 있을까
초겨울 까지 몰고 온 해당화
왜 저렇게 애처롭게 피었을까
어느 누구도 알아주지 않는
길모퉁이 흙먼지 마셔가며
기다리는 사람은 누구일까

무슨 연유로 저리 슬피울며
11월 혼자 남아 손을 내밀까
님은 어딜가고 흔들리며 피어
하고픈 말 있다면 말해다오
가냘픈 꽃잎따다 전해주리다

여름에 피는 꽃 해당화야
겨울에 다시 피는 사연은
첫사랑 못잊어 보내지 못하고
척박한 모래 땅에 뿌리 내리고
마음을 숨기려 벙어리가 되었나...

목련

하얀 목련은
어제 내린 비로
몸이 흐트러져
빛을 잃어가고 있다

떠나갈 준비를
서두르는 목련은
님을 떠나 보낼 듯이
말없이 허공만 바라본다.

해당화

5월의 햇살을 받으며
연분홍 해당화
활짝 피었습니다

첫사랑 님의 모습만큼
예뻐도 왠지 슬퍼만 보입니다

깨끗한 해당화꽃은
아무 일도 없었던 것처럼
오고 가는 사람을 반깁니다

이젠 그것마저도
저기 먼 꿈길에서나
만나 뵐 듯합니다.

봉숭아 꽃물

시집가는 누이가
결혼식 하루 전날
마지막 선물이라며

담장 밑에 곱게 핀
봉숭아 꽃잎 따다가
열손가락 모두다
봉숭아 꽃물을 들여 주었지

예쁘게 살으라며
등 다독이던 우리 누이
시집간 누이가 보고 싶을 땐
세숫대야 물에 손 담그면

더욱 선명해진 봉숭아 손톱
그 봉숭아 꽃물 위에
보고 싶은 누이의 얼굴이 보인다.

물봉선화

함부러 쉽게쉽게
사랑한다 말하지마세요

마음에도 없는 사랑
그런 사랑으로 접근해
유혹하는 당신을
나는 사랑하지 않을래요

다가오지 마세요
나를 건드리지 말아주세요

꽃이 되어 피어 있어도
외로운 한송이 물봉선화
별빛 쏟아지는 오늘 밤도
진실한 사랑을 찾아

자줏빛 사랑을 찾아
뜬눈으로 기다리렵니다.

마르티아나

마르티아나
당신을 버리지 않겠습니다

미인은 잠꾸러기
천사의 마음을 닮은
가냘픈 당신

겨울잠에 들어간
사랑초 마르티아나
나는 이른 봄을 기다릴테요

영혼까지도 함께한 시간들
죽는 날까지
마음 하나 두고
그 예쁜 당신을 사랑할테요

마르티아나
세월에 꽃이 진다 하여도
당신을 버리지 않겠습니다

영원히 영원히 사랑할 테요.

일일초

예쁜 당신을
남들에게서 지켜주려고
꼼짝하지않고
날마다 피어 오를까

변치않는 우정
당신을 당신을
많이 사랑하는가 보다

당신이 안보이면
단 하루도 견딜 수 없어
그대 곁에 남아
껌딱지처럼 붙어

내 사랑을 전달하는
난 당신의 일일초입니다.

후리지아

바다가 보이는 카페에서
나는 당신을 기다리겠습니다

수줍어 몸을 숨기듯
다소곳이 앉아
님을 바라보던 숨결
그게 님을 향한 사랑이나 봅니다

깨끗한 향기 머금고
온통 노란 꽃술이
한계단 한계단 오를 때마다
님을 부르는 무언의 인사
순결의 속삭임입니다.

손을 저어 사랑이 닿는
아침으로 가는 길
노란 후리지아는 왠지
오늘도 내 깊은 가슴을 파고듭니다.

유달산 춘백

해풍海風이 말을 걸어 올때면
가슴으로 스며드는 그리움
겨울의 동백冬柏은 지고
봄을 기다리는 춘백春柏은
해맑은 모습이다

유달산을 오르면
이난영의 목포에 눈물 노래가
종일토록 노래비碑 속에서 흘러나온다
주위에는 3월의 춘백이
사랑을 기다리며 개화開花를 앞두고 있다

고래바위 종바위 일등바위는
등산객의 마음을 불러 모으고
일천개의 계단옆에는
춘백의 손잡은 강강수월래마냥
몽글지다, 내 고향이다, 목포다

노적봉 오르는 길
목포를 참 많이도 닮은
여인의 자궁
150년된 팽나무라지!
아니 다산목多産木 이라지!

유도화(협죽도)

누구의 부름도 없이
대한민국의 땅끝
제주도 그 멀리

사랑을 찾기 위해
가로수 듬성듬성
아름드리 피워 눈길 끌어 보는데도

꽃은 예쁘다지만
향기가 나지않는다고
밀어내는 아픔을 간직한 체

벌과 나비가 다가오지 않는
슬프디슬픈 사랑의 꽃 유도화야

내 너를 묻지 않고 사랑하리라
내 너를 묻지 않고 가슴에 품으리라.

사랑이 꽃을 피워요

비 오면 안아 줄께요
바람은 막아 줄께요
사랑의 꽃씨를 함께 뿌려요

아프지 말아요
당신이 아프면
누가 사랑 꽃을 키우나요

떠나지 말아요
당신이 떠나간다면
또 누가 사랑 꽃을 키우나요
내 사랑은 내게 사랑은
너무나 소중합니다.

내 맘이 떠나고 나면
그때는 너무 늦어요
백합보다 더 고운
사랑의 꽃을 피워요
사랑의 꽃을 피워요.

입춘을 맞아

묵은 어두운 겨울 그림자
벗어 버리자 외투를
털어 버리자 묵은 짐
봄을 알리는 아침에 맞춰

버들강아가지 눈을 트고
시냇물 길을 묻고 찾아가
봄을 알리는 알몸의 목련
수줍은 듯 바르르 몸을 떤다

다가오는 봄의 대문 열리니
즐거움은 희망속에
활짝 열고 맞이한 길 손님
입춘대길 건양다경

움츠린 겨울 멀어진 이웃들
하나둘 활짝 웃고 다가서니
쏟아지는 따뜻한 햇살에
온 세상은 사랑으로 넘친다.

그리움 그리고……

보이지 않는다 하여
꼭 멀리 있는 것만은 아니다.

마음만 멀리 있지 않으면
언제나 등 뒤에
그리움은 자리하는 것이다.

그리움은 외로움이 아니기에
찾을 수도 볼 수도 있는
가까운 거리에
늘 존재하는 것이다

새벽 별이 밝게 빛나는 것은
사랑하는 사람의 눈에
얼른 보이기 위해서다.

4

노랑 리본 날다

노랑 리본 날다

첨철산에 꽃피면
팽목항에 나비 날고

노랑 리본
파도 따라 출렁이며
맹골도 찾아간다

한 맺힌 눈물 머금고...

* 세월호참사 10주년을 맞아

님의 향기

삶의 텃밭
항상 감사하는 밝은 미소
아무것도 감추려 하지않는
아름다운 님의 향기

장미꽃보다 더 진한
내 삶의 결정체
미소 따라 흐르는 마음의 길.

한송이 꽃이 되어

단풍이 물드는 화창한 가을날
사랑하는 님은 홀연히 떠났습니다
손잡아 주었던 그 손길마져도 놓아버리고
님은 갔습니다

목매이게 불러보아도 듣지 못하고
멀고 먼 길을 서툰 발길로 찾아
홀로 조심조심 떠나갔습니다

사랑하는 님은 이제
천상에 한송이 꽃이 되어 활짝 피었나니
눈물을 거두라 손짓합니다

님아! 사랑하는 님아!
몇 키로를 가야 만날 수 있나요
몇날을 가야 만날 수 있나요
손닿지않는 하늘과 땅의 거리
영원히 지지않는 천상의 고운꽃
떠난 님을 두고두고 그리워 하리라

우리 꿈속에서라도 자주 만나
못다한 사랑얘기 나누다보면
오래도록 님을 기억하며 살아가리라.

떠나는 친구에게

친구야
이제 영영 떠나가는구나
잘가라 친구야

하늘나라 코스모스 꽃밭에서
활짝 웃으며 어린애처럼 맘껏 뛰어다니면서
보고싶은 사람들 다 만나시게나

친구가 떠나는 날이 장전 아버지 떠난 날과 같으니
그것 또한 천륜으로 맺어진 인연인지 운명인지
아버지 어머니 사랑받으며 기쁘게 가시게나

이승에서의 지긋지긋한 고통에서 벗어나
얼키고 설킨 인연들도 내려놓고
하나도 남김없이 모두모두 용서하고 떠나시게나

먼저 가신 선배 후배 모두 만나 뵙고
도란도란 모여앉아 이야기꽃 피워가며
이승에 있었던 세상 얘기 들려주시게나

거기 하늘나라에는 이승처럼 코로나도 없고
아픔도 슬픔도 없어 영원히 사는 곳이니
여기 남아있는 자네 식구들 가족들 잘 지켜주어야하네

자네가 떠난 빈자리가 너무나 클 것 같은 친구
백광봉이 친구, 김영승이 친구 꼭 기억해야 되네
마지막까지 함께 해준 친구들일세

친구야 자네는 참 잘 살아왔어
여기에 있는 수많은 친구들 선후배 사람들
자네의 운명 소식듣고 모두들 슬퍼하는 걸 보면 말일세

친구야
어제까지 함께 했던 일들도 이젠 기억 속에 멀어지는
먼 추억으로만 남을 것이니 많이도 그리워지겠지

친구야 가더라도 슬프게 가지말고
이승에서 지냈던 육군 헌병대장처럼 멋있는 사람으로
진도군수에 출마했던 당당한 사람으로 그렇게 가야 한다

친구야
너는 이세상에서 최고 멋있는 사람이였다
사랑한다 친구야 잘가라 안녕!

천사이어라

당신은 천사이어라
내 앞에 선 당신은 천사이어라

사랑을 품고 온 당신
당신의 고운 품에 잠들고 싶어라

당신은 천사이어라
나를 꼭 안아준 천사이어라.

내가 만약 너라면

내가 만약 너라면
지금쯤 무슨 생각을 하고 있을까
살려고 몸부림 치고 있을까?

내가 만약 너라면
모든 걸 자포자기하고 시간만을 기다리고 있을까
한편으로는 다른 생각을 하고 있을까?

내가 만약 너라면
이렇게 시간만을 보내고 있지 않을 것 같다
백방으로 수소문해서 기적같은 기적을 바라며
살려고 몸부림 칠 것 같다

내가 만약 너라면
생이 다하기 전날 밤에 친구들을 불러
마지막 멋있는 이별파티를 만들어 보겠다

내가 만약 너라면
이별파티를 끝낸 후 모두에게 다가가
영원한 이별의 포옹을 하면서
친구들의 품에 안겨 영원히 눈을 감고 싶다.

길 잃은 참새 한 마리

저기 저 길 잃은 참새 한 마리
소낙비를 맞으면서도
피하지를 못하고
움직이지않는다
어디 아픈가 보다

부들부들 떨면서
한걸음도 걷지 못하고
비오는 하늘만 쳐다보며
콜록콜록 기침을 한다

저 불쌍한 참새 한마리
온몸을 짓누르는 고통은
순간순간 다가온다
누구를 원망 할 수도 없고
혼자 짊어지고 갈 길이다

그 길은 오직 혼자만이 갈 수 있는

끝으로 가는 길임을
누구도 알지 못하지만
비에 젖은 참새는
눈을 뜨는 것도 무척 버겁다

꽃피고 새우는 이 아름다운 자연이
원망스럽지는 않는지 모르겠다.

길 끝에서

나의 사랑하는 친구는
아무것도 모르는 체 길을 가고 있다
그 길이 끝인 줄도 모르고
추억도 잊어버린 체로
거친 숨을 쉬며 천천히 길을 가고 있다

가다 쉬기를 반복하며
하얀 눈물을 흘리면서 우리의 손을 잡고
먼 하늘을 쳐다보며
순간순간을 사진으로 담으면서
영원한 이별의 그 길을 가고 있다

거역할 수 없는 자연의 순리에
모든 것을 체념한 체로
가슴에 담고 가기 위하여
친구의 얼굴을 뚫어지게 바라보며
다가오는 시간시간을 보내고 있다

사랑하는 나의 친구야
이 길이 끝나는 그길은
하늘과 땅의 거리만큼도 더 멀어
영원히 만나보지 못하는 길이기에
빨리 지금 너를 보러 가야겠다 이 길이 끝나기 전에....

청목 하영규 친구야

친구야
가슴이 너무 아프다
아프다 못해 아려온다
너의 멋지고 화려한 모습
칼날처럼 주름잡힌 제복을 입고
헌병대장하던 그 모습은 다 어디가고...

고향을 사랑한게 죄가 될까 친구야
자네는 전국적인 인물이여서
진도 이 조그만 구석까지 내려오지 안했어야 했어
큰고기는 큰물에 살아야 했는데
고향이 좋아서
고향을 보다 잘사는 진도를 만들어 보자고.......

친구야
오늘 페이스북에 올라온 자네 사진을 보니
하염없이 눈물이 난다
자네가 말을 하지않아도 얼마나 힘드는지를
강인한 정신력으로 버티는 모습을 보며
패기와 자존심하나로 살아오면서
어느 누구에게도 말하지않고 하루하루를.......

하늘도 무심하구나
자네는 고향을 위해 고향사람을 위해
좋은 일들을 너무 많이했어
복을 내려주기는 커녕 무심한 하늘은
견딜 수 없는 고통을 자네에게 안겨주어
가족까지 힘들게 하는구나

사랑하는 나의 친구야
많이 보고싶구나
너의 호탕한 웃음소리 듣고싶구나
친구야 현실을 너무 숨기려 하지마라
이제는 모든 사람들에게 아프고 힘들다는 것을
알릴 때가 되었다고 생각해
너의 생명이 다할 때까지 만날사람은 만나고.......

우리인간은 수백년 수 천년 사는 것이 아니라네
백년도 못사는 인생
조금 일찍가고 늦게 가고의 차이지
이순을 넘긴 우리도 옛날로 치면
많이 살았다고 생각해
친구야 내 사랑하는 친구야
끝까지 힘내주길 바래.

바다는

바다는 어쩌면 망각의 주소인지도 모른다
숱한 사연이 다녀가도
바다는 기억해 내지 못한다

도요새 한마리 지나간다
섬과 섬 사이
등대는 간간이 인사를 건네고

갈매기 여럿이
끼룩끼룩 노래하며
곁눈질로 지나간다

바다는 한치의
흔적을 남기지 않고
다시 망각 속으로 빠져들고 있다.

견우와 직녀가 되어 만나다

- 세월호 10주년을 맞이하여 -

삼백~ 네개의
어린 장미꽃 봉오리
피워보지도 못한 체

노란 나비들의 영혼은
하늘로 오르고 올라
은하의 별들이 되었다

슬픔의 그날의 기억을 지우고
장미꽃은 활짝 피었다
서로가 서로를 위로하며

별이 된 영혼은
오작교를 건너 사랑하는
견우와 직녀가 되었다

영원히 지지않는 별이 되어
우리의 가슴 속에 빛나거라
꼭!

잃어버린 별들에게

- 이태원 참사 추모시 -

오랜만에 학교에서
가정에서 벗어나 자유를 찾아
이태원으로 향해가던 발길
그 발길이 돌아올 수 없는
강을 건너 별이 될 줄을
꿈에서도 생각지도 못한
청천벽력 같은 일이었다

아이야 너를 찾다가
눈물마저 말라버린 오늘
너의 운명과 이 어미의 운명이
바꿔졌다면 차라리 좋으련만
이제 이 어미의 희망마저
모두 모두 무너져 버렸다

아이야 별이 되거라
아픔없는 천상에서 친구와 함께
공부의 사슬에서도 벗어나
자유의 몸이 되어 훨훨 날아
슬픈 기억을 지우고
남은 자를 용서하거라

아이야 잃어버린 나의 사랑아
달무리 뜨는 밤이 되면
엄마 찾아 오너라
지붕 위에 빛나는 별이 되어
친구들과 함께 찾아오너라
치킨에 햄버거에 피자를 시켜 줄테니
맛있게 먹는 모습 보여주거라
두손 모은 이 어미의 기도 소리를 들으라
내 사랑하는 잃어버린 별들아, 별들아!

병상에서

고통의 신음소리를 뒤로하고 말이 없다
병상에서 모두들 선풍기가 달린 천정을 무심히 바라보고 있다
서로 눈이 마주쳐도 아픔섞인 인상으로 대화 단절이다
밖에는 마지막 겨울이 하얗게 내리고 가끔씩 응급차의 사이렌소리가
응급함을 알린다

아픔의 통증에서 벗어나려고 다들 몸부림치지만 고통은 계속 이어지고
링거의 수액만이 똑똑 떨어지며 수면을 재촉한다
오늘은 청소하는 아주머니가 참 부러울 뿐이다
건강이 최고라는 것을 다시한번 느끼며 빨리 탈출하고 싶다
병상에서.....

술친구

내가 아는 형님은
바닷가 오막집에서 산다
친구가 없는 형님은
술이 친구다

술과 시름하며
울고 웃다가
바다에 빠져
깊은 한숨을 쉬며

영원히 깨어나지 않는
잠을 잔다.

고맙다 친구여!

친구여!
고맙다 친구여

수많은 세월이 흘러갔어도
끝까지 변하지 않는
나의 진실한 친구여!

항상 그 자리에 다시 채워지는
샘물 같은 친구여
사랑한다

영원한 나의 친구여!

사람 향기

사람은
누구나 자기만이 지니고 있는
향기가 있습니다

사랑하는 사람 곁에는
더 좋은 향긋함이
피어 오르는 향기가 있습니다

행복한 사람은
행복한 만큼 그윽한
향기가 있습니다.

몸과 마음

오늘은 몸보다
마음이 앞서갑니다

몸이 가는 길
마음이 가는 길이
모두 같기도 하지만
서로 다를 때가 있습니다

몸은 앞으로만 가지만
마음은 앞뒤 좌우
어디든 갈 수 있습니다

몸과 마음은
서로 의견이 다를 때도 있지만
금방 사이좋게 화해하며
함께 지냅니다.

그래도 괜찮아

님아 그래도 괜찮아
흐르는 것이 물이고
흐르는 것이 인생이잖아
물도 인생도 막을 수가 없듯이
그렇게 흐르는 거라오
모든것은 이 또한 지나가리라
그러니
반드시 새로운 날이 올 때까지 버텨
태양은 떠오르니까...

평론

시의 기저基底에 인간애人間愛를 둔 화자의 담담한 자화상

김영승 시인 26집 -『그래도 괜찮아』론

복재희
문학평론가·수필가·시인

1. 프롤로그 - 글을 쓰는 시간만큼은 행복한 시인

시인이 시를 쓰는 이유는 저마다 다를 것이다. 어떤 시인은 아픔을 위무慰撫하기 위해서 또는 삶의 기쁨을 만끽하기 위해서라는 등등의 의도는 다를지라도 공통적인 현상은 정신의 공허 혹은 카타르시스를 위한 의도가 개입됨을 부인하기 어렵다.

시인이 시를 창작하는 표상으로 이를 의도적 의미Intentional meaning라 부르고, 작품 속에 반영된 것을 실재적 의미Actual meaning라 부른다면, 독자가 수용한 의미를 해석적인 의미Significance meaning라 부른다. 이는 작품에 반영된 이미지구축을 분석하면 만나는 현상이다.

어떤 시인이든 이런 경우에서 자유로운 것은 물론 아니다. 첫 번째의 문제에서 시인은 어떤 의도를 가지고 표현의 길에 나설 것인가를 궁리할 때, 창조의 문법은 독특한 시인만의 개성을 나타내게 되는데 결국은 공복을 채우는 허기의식 -이것이 시를 쓰는 결정적인 이유가 될 것이다.

또한 무엇인가 부재不在에 대한 허기이거나 이를 충족하기 위한 보상적인 의미가 시의 길을 재촉하는 이유가 될 수도 있기 때문이리라.

제26시집 「그래도 괜찮아」는 총 4부 77편이 수록되어 있으며 시를 일별한 첫 인상은 김영승 시인은 사람을 사랑하고 꽃을 사랑하며 동시에 조국을 걱정하는 -시인이 지녀야할 덕목을 옹이처럼 단단히 내면에 앉힌 천생시인이란 감별이다. 이는 그의 '발간사'에서 밝혔듯이 "혼돈의 세상이 어쩌면 글을 쓰게 하는지 모르겠지만 글을 쓰는 시간만큼은 행복하다"는 화자의 고백은 26집에 이르러 「그래도 괜찮아」란 위무慰撫적 시제로 독자를 만나는 쾌거를 이룬다. 26집! 말이야 쉽지. 한 시인이 감내하기엔 지난至難한 고행을 견딘 결과물이 아닐 수 없음이라서 시평詩評이 사족蛇足이 아닐까 저어하는 심정으로 작품에 다가선다.

2. - 기득권既得權에 죽비를 든 시인

시인은 보이는 형상에다가 비유와 은유를 기교로 삼아 시인이 말하고자 하는 핵심을 숨겨두기도 하고 낯설기나 비틀기로 독자에게 보물찾기를 하듯 발견해 내기를 내심 기대하면서 작품을 탄생시키는 의도를 지니기도 한다. 이는 시인마다 시향이 다르듯이 사회를 바라보는 태도에도 긍정과 부정으로 나뉘는 것이다. 전자를 낙관이나 방관의 태도라면 후자는 저항이라는 목소리를 드러내며 이른바 권력에 항거하는 칼끝 같은 시어로 위협을 주기도 한다.

글이 칼 보다 무서운 위력으로 작용되어 한 시대의 흐름을 바꾸기도 한 역사를 우리는 잘 알고 있다. 필자가 공부한 바로는 랭스턴 휴즈Langston Huhes시인의 시 "I Too~" 한편은 인종차별과 억압에 저항하여 아프리카계 미국인들에게 큰 영감을 주었으며, 소니아 산체스Sonia Sanchez의 "We a Bad People~"시와 라딘 로드리게 Nadine Rodriguez의 "Resistance~"시, 그리고 아만다 고먼Amanda Gorman의 "The Hill We Climb~"시 등은 시인의 정치적인 메시지를 칼날에 장착을 하고 국민에게 용기와 희망을 주기에 상당한 위력을 보여준 -시인의 덕목인 조국의 안녕을 위한 문인의 문도文道를 보여줌으로 한 시대에 책임감을 다했다고 생각한다.

여기 김영승 시인도 그의 온화한 성정에는 어울리지 않는 '개떡'이라는 시어를 도입하여 죽비를 든 작품을 만나보자.

내 책상 위에는 책이 없소
내 책상 위에는 그 흔한 컴퓨터가 없소
내 책상 위에는 글 쓸 종이 하나 남기지 않았오
세상이 썩어 단절하고 싶을 뿐이요
기득권의 높은 놈들의 행동이 거울을 보듯
부정부패의 썩은 냄새가 펄펄 나기 때문이요

내가 아무리 글을 써서 외쳐도 소용이 없소
귀가 뚫리지 않은 놈들이요
그런 세상에서 살아가는 우리는
참 불쌍하오
그래서 내 책상위의 모든 것을 치워버렸소
그렇게 하면 마음이 편할 줄 알았는데
매 마찬가지요
지금은 어떻게 할 줄을 모르겠소
개떡 같은 세상이요

-「개떡 같은 세상」 전문

화자의 나라걱정을 시어에서 만나보면 "내 책상 위에는 책이 없소 / 내 책상 위에는 그 흔한 컴퓨터가 없소 / 내 책상 위에는 글 쓸 종이 하나 남기지 않았오"의 이유가 "세상이 썩어 단절하고 싶을 뿐이요 / 기득권의 높은 놈들의 행동이 거울을 보듯 / 부정부패의 썩은 냄새가 펄펄 나기 때문이요"라는 것이다. 지성인이자 문인이 조국의 안녕을 외면한다면 사회적 불평등은 만연할 것이고 민주주의는 후퇴할 것이며 부패와 비리는 키를 높일 공산이 커지는 이치다. 뿐만 아니라 사회적 갈등은 더욱 심화될 것이고 빈부의 격차가 커짐은 물론 국가발전에 저해요인이 되는 것은 당연한 이치이다. 자칭 문인이라면서 노블레스 오블리주를 외면한다면 국가와 사회에 대한 직무유기가 됨을 화자는 직시하고 있기에 다음과 같이 표현한다. "내가 아무리 글을 써서 외쳐도 소용이 없소 /귀가 뚫리지 않은 놈들이요 / 그런 세상에서 살아가는 우리는 / 참 불쌍하오" 결론은 시제대로 "개떡 같은 세상"이라는 시어로 탈고된 작품이다.

요란하지 않지만 상당히 날선 검 같은 울림을 독자는 느낄 것이다 이것이 바로 시의 힘이자 글의 책무이기도 하기에 화자의 진중한 의식에 기쁨이 인다.

3. - 김영승 시인의 추억 줍기

순수가 깊어지면 슬픔의 눈물이 된다. 시에서 경계할 것이 센티멘탈이라는 요소를 화자는 간파하고 있기에 그의 작품엔 상당한 절제가 숨겨져 있음을 마음눈 밝은 독자는 알아차릴 것이다. 이는 지성의 균형으로 잡고 있음이다. 하지만 지성만으로 이루어진다면 시는 과학이 되기 때문에 이런 현상을 적절히 균형으로 이끌 수 있는 요인은 많은 시적 훈습薰習이 있을 때 이루어지는 것이기에 26집을 출간하는 화자의 지난한 시적여정은 충분히 소화하고 남음이라 느껴진다.

다음 작품은 이순耳順을 넘긴 화자의 잔잔한 아픔이기도한 추억의 현장 「추억의 우체국 거리」를 함께 방문해보자.

늘 바빴던 곳
삶이 살아 움직이는 그곳에는
애환이 묻어나는 추억이 있다

가난을 이겨보자고
어린 나이 공장으로 떠났던 누이
보고 싶어 전보를 치던 곳

누이는 작은 봉급 쪼개어
남동생 가르치라고 전신환으로 보내면
아버지는 아들에게 다시 보냈던 곳

빨간 자전거에 묵직한
우편 배낭을 싣고 달리는 우체부 아저씨
동네 꼬마들은 졸졸 뒤 따라다닌 추억

순서를 기다리며 다이얼을 돌려
전화를 하고 전화요금 때문에
빨리 말하던 버릇이 지금까지 왔다

그 추억의 거리는 그대로인데
리어카에 수박을 팔던 석가정 시인은
오래전 산으로 가고 없다.

-「추억의 우체국 거리」 전문

위 작품은 서정시로, 길이가 마침한 6연 18행으로 잘 짜여 진 수작秀作이다.

요즘 우리 주변엔 빨간 우체통이 사라졌다. 입을 벌리고 종일 서 있는 우체통은 바라만 봐도 가슴 설렘을 유발하는 모습으로 종일 서 있었다. 그 우체통에 담겨진 사연들은 어딘가로 길을 떠나 그리운 사람의 가슴을 적시기도 했고 또 슬픔의 이별을 전달하는 희로애락喜怒哀樂의 가락들이 길을 떠날 준비로 우체통은 만삭이었지만, 이제 휴대폰과 카톡에 밀려 손 편지와 함께 아련히 사라졌다.

화자는 그 곳을 살아 움직이는 -애환이 묻어나는 추억의 장소로 간직하고 있다. 그 애환을 들여다보면 "가난을 이겨보자고 / 어린 나이 공장으로 떠났던 누이 / 보고 싶어 전보를 치던 곳"이라 기억하고 있다.

보릿고개를 잊어버리고 비만을 걱정하며 삭막한 기계음이 고작인 작금이라서 상당히 아리게 다가오는 표현이다. "누이는 작은 봉급 쪼개어 / 남동생 가르치라고 전신환으로 보내면 / 아버지는 아들에게 다시 보냈던 곳" 그 우체국 거리를 화자는 어스름나이에도 시적 종자로 삼으리만치 소중한 정신적 자산으로 또는 추억으로 기억하고 있음이리라.

마지막 연을 보면 "그 추억의 거리는 그대로인데 / 리어카에 수박을 팔던 석가정 시인은 / 오래전 산으로 가고 없다."라며 탈고한 작품이다. 난해하지 않아 달리 해설은 사족이겠지만 화자의 삶에 근원이기도 하고 인간의 로고스 사고를 형성하는 본질에 대한 천착穿鑿이라는 점에서 근거를 찾을 수 있음이다. 이는 여우가 죽을 때 자기가 살던 동굴 쪽에 머리를 둔다는 수구초심首丘初心으로 이해해도 무방하리라 본다.

4. - 꽃을 사랑하는 시인의 식물 정서

봄이 오면 시인의 정서는 꿈틀거린다. 여느 사람과 달리 여린 감수성이 이유가 되겠지만 엄동嚴冬시절 웅크리고 있던 마음이 비로소 개화하려는 기지개를 켜고 마음눈이 떠지고 일렁이는 생각의 파도가 가슴에 그리움이나 홍이 되어 다가오기 때문이리라.

이때 시인은 시를 찾게 되고 그 백지위에 영혼에 똬리 틀고 있던 그리움을 소환하여 수채화처럼 맑은 시를 쓰게 되는데 이는 식물성 정서를 지닌 시인에게는 유독惟獨 계절의 이끌림에 민감할 수밖에 없을 것이다. 이는 설명으로는 불가하겠으나 이끌고 있는 어떤 에너지라면 어렴풋이 이해가 될 것이다.

화자는 도시의 정서보다 흙냄새 나는 전원의 정서가 시의 기저基底로 작품이 탄생되기에 꽃에 대한 작품도 번다繁多하다. 그 중에 두 편 「해당화 다시 피어도」와 「상사화에 물들어 버린 사랑」을 만나 보자.

해당화 꽃잎이 지기도 전에
당신은 홀연히

내 곁을
말없이 떠나갔습니다

아주 멀리
떠나갔습니다
해당화 다시 피어도
돌아보지도 않고 가시니

가신 님을
만나는 길은
이제 꿈길 밖에 없나 봅니다

-「해당화 다시 피어도」 전문

내가 당신을 찾을 땐
당신은 거기 없었소
내가 당신을 사랑하고 싶을 땐
당신은 또 거기에 없었소

우리는 상사화에 물든
상사화를 닮은 슬픈 사랑이기에
당신을 포기하는 길이

당신을 놓아주는 길이었소

초심으로 돌아가고 싶은데
당신은 거기에 없고
사랑도 미움도 부질없는
한낮 부러진 꽃 대롱에 불과하였소

우리는 마치 상사화에 물든
슬픈 사랑이 싹틔우듯
이승을 안고 도는 이루지 못한
너와 나의 못다 한 사랑 이야기

-「상사화에 물들어 버린 사랑」 전문

예로부터 해당화는 선비들로부터 사랑받는 꽃으로 시나 노래의 소재가 되어 왔으며 많은 시인 묵객들이 해당화를 그려왔다. 늦은 봄 해변가에서 아침 이슬을 듬뿍 머금고 바다를 향해 피어있는 해당화는 임이 돌아오기를 기다리는 아낙네처럼 애처롭게 보이는 꽃이다.

다른 꽃의 전설을 보면 여자가 죽어서 꽃으로 환생하게 되는데 해당화는 남자가 죽어서 피어난 꽃으로 묘사되는 특이점을 지닌 꽃이기도 하다.

해당화Rosa rubiginosa로 장미과에 속하는 낙엽 활엽

관목으로 흔히 매괴玫瑰라고 부르기도 한다.

해당화의 꽃말은 서양에서는 '미인의 잠결'이고 동양에서는 '온화, 이끄시는데로'라는 순종의 의미를 내포하고 있다.

1연에,

"해당화 꽃잎이 지기도 전에 / 당신은 홀연히 / 내 곁을 /말없이 떠나갔습니다"에서 시의 애매성에 견주어 홀연히 떠난 당신이 연인인지 가족인지는 확실하지 않지만 밝힐 필요도 알 필요도 없는 그냥 사랑하는 어떤 대상이라고 독자는 느끼면 된다.

2연에서

"아주 멀리 / 떠나갔습니다 / 해당화 다시 피어도 /돌아보지도 않고 가시니"라는 표현에선 화자의 진한 이별의 아픔이 느껴지는 서정시의 언덕을 보게 된다.

3연에서,

"가신 님을 / 만나는 길은 / 이제 꿈길 밖에 없나 봅니다"라는 표현은

현실에선 만날 수 없는 아득한 거리를 발견하게 하는 슬픔의 절정을 화자는 담담하게 표현한 수작秀作이다.

여린 촉수를 지닌 시인이 겪기엔 긴 시간만이 흐려지게 할뿐 어떤 위로도 속수무책일 뿐이다. 단지, 우리 사이에 이별이나 사별은 결코 없을 거라 철석같이 믿었던

대상이었기에 화자는 깊은 슬픔에 아리고 아린 것이리라. 세상에 변하지 않는 것은 없으니 언젠가 그 것에서 다시 만날 거라 위로할 뿐이다.

5. - 이순耳順에 돌아보는 인연들

세월의 켜가 두꺼울수록 경험의 철학은 깊어진다. 구분 없음에서 구분이 생기고, 없음과 있음이 모두 구유具有되는 자재自在의 마음이 된다.

욕심이 들어오면 물결은 관조觀照의 경지를 벗어나 흔들리는 파문에 일그러진다. 불가佛家의 말로는 진여眞如를 잃게 된다는 의미인데, 나이가 들었다고 해서 모두가 그런 것은 아닌 일- 깨달음은 아무에게나 일어나는 이름은 아니다. 고난 즉 파도의 세월에서 자화상을 찾고 지키려는 노력이 있을 때, 비로소 안정감의 경지에 이를 수 있기 때문이다.

노련한 뱃사공은 파도를 타고 진행하지 파도를 거스르면서 배를 진행하지 않는 이치와 같음이다.

공자孔子는 나이 15세에 지학志學. 30세에 이립而立, 40세에 불혹不惑,

50세에 지천명知天命, 60세에는 귀가 순해진다고 이순耳順이라 했다.

소리는 귀로 들어와 마음으로 통하기 때문에 이순耳順이 되면 거슬리는 바가 없고 아는 것이 지극한 경지에 이르기에 생각하지 않아도 저절로 얻어지는 경지에 이르러 "말을 들으면 미묘한 점까지 모두 알게 된다" 거나 남의 말을 듣기만 하여도 그 이치를 깨달아 이해한다는 뜻이다.

맑은 영혼의 소유자인 화자는 아직도 늘 푸른 봄 나이에 서있는데 살가웠던 벗이나 인연이 먼저 떠남에 상당한 아픔이 작품 곳곳에 서려있어서 뜨거운 인간애를 느끼게 한다.

생각이 늙지 않으면 나이는 숫자일 뿐이고. 더욱이 생각이 열려있는 경우라면 작품을 탈고 하는 노련미가 지배소로 작동되어 작품의 완성도는 높아지는 예를 종종 만나게 되는데 김영승 시인이 바로 여기에 해당된다.

26집을 상재하는 화자의 시적 여정旅情과 치켜세운 시적 깃발에 문운이 충만하리라는 믿음이 선다. 김영승 시인의 시는 늘 봄처럼 푸르고 신선한 언덕을 차지한다. 다음 소개할 작품은 진한 우정을 엿볼 수 있는「길 끝에서」와「그래도 괜찮아」를 만나보자.

나의 사랑하는 친구는
아무것도 모르는 체 길을 가고 있다
그 길이 끝인 줄도 모르고

추억도 잊어버린 체로
거친 숨을 쉬며 천천히 길을 가고 있다

가다 쉬기를 반복하며
하얀 눈물을 흘리면서 우리의 손을 잡고
먼 하늘을 쳐다보며
순간순간을 사진으로 담으면서
영원한 이별의 그 길을 가고 있다

거역할 수 없는 자연의 순리에
모든 것을 체념한 체로
가슴에 담고 가기 위하여
친구의 얼굴을 뚫어지게 바라보며
다가오는 시간시간을 보내고 있다

사랑하는 나의 친구야
이 길이 끝나는 그 길은
하늘과 땅의 거리만큼도 더 멀어
영원히 만나보지 못하는 길이기에
빨리 지금 너를 보러 가야겠다 이 길이 끝나기 전에....

– 「길 끝에서」 전문

님아 그래도 괜찮아
흐르는 것이 물이고
흐르는 것이 인생이잖아
물도 인생도 막을 수가 없듯이
그렇게 흐르는 거라오
모든 것은 이 또한 지나가리라
그러니
반드시 새로운 날이 올 때까지 버텨
태양은 떠오르니까...

-「그래도 괜찮아」 전문

작품 「길 끝에서」의 시적종자는 친구를 떠나보내는 슬픔의 분위기이다.

나이가 들면 떠나가는 친구들이 처음엔 듬성듬성할지라도 점차 빨라지는 허망이 엄습할 때면 저승길을 헤아리는 일이 빈번해진다.

요즘은 65세를 청년이라 한다지만 생물학적으로 미루어보면 딱히 그렇지 만은 않은 것이 현실이다. 예전보다 육체적 노동의 심화는 아니더라도 여러 환경의 오염으로 예상치 못한 병고에 헐떡이는 사례가 늘어나기 때문이다. 순서대로 가는 것이 아닌 땡감이 떨어지듯 속절없는 한계상황에 남은 자들의 슬픔은 깊은 하소로 이어질 수밖에 없음이다.

더욱이 살가운 친구를 먼저 보내는 허망함을 오롯이 이해하기는 어렵지만 운명이란, 순서 없이 호명되면 떠나야하는 숙업의 일이기 때문에 긴 시간만이 흐릿하게나마 치유에 이를 것이라고 믿는다.

"사랑하는 나의 친구야 / 이 길이 끝나는 그 길은 / 하늘과 땅의 거리만큼도 더 멀어 / 영원히 만나보지 못하는 길이기에 / 빨리 지금 너를 보러 가야겠다 이 길이 끝나기 전에...."라는 표현에서 화자와 친구의 우정의 깊이가 가늠되는 구절이다.

옛말에 '부모를 팔아 친구를 산다'하리만치 진정한 친구는 삶의 모든 희로애락을 함께 나누던 추억이 켜켜이 쌓여있기에 그 슬픔은 "빨리 지금 너를 보러 가야겠다 이 길이 끝나기 전에...."라는 절박한 표현을 남기는 것이리라.

누구도 거역할 수 없는 우주의 질서 속에서 먼저와 나중의 시간차가 있을 뿐, 언젠가 우리 모두는 그 곳에서 만나리라는 무언의 약속을 믿고 더 정진하시어 건강, 건필하시길 바란다.

26집의 시제詩題이기도한 「그래도 괜찮아」는 어떠한 난감한 상황에서 시적화자인 '님'을 위무하는 관용寬容으로 빚어진 수작秀作이다.

관용寬容은 남의 잘못을 너그러이 용서하거나 받아들임을 말하는데 관용 그 저변엔 절대적인 사랑이 있어서 모두를 이해하는 단계에 이르는 이름이다.

전체 1연으로 구성된 작품이지만 작품 안에 담긴 사연은 한 광주리가 넘을 듯한 서사시로 다가온다. 또한 시의 첫 행은 신이 준다고 했는데

"님아 그래도 괜찮아"로 포문을 열면서 전체작품을 상큼하면서도 단단하게 이끌고 있음을 발견하게 하는 작품이라서 상당한 시적재능은 큰 매력으로 다가오는 작품이라서 기쁨이 인다.

"님아 그래도 괜찮아 / 흐르는 것이 물이고 / 흐르는 것이 인생이잖아 / 물도 인생도 막을 수가 없듯이 / 그렇게 흐르는 거라오 / 모든 것은 이 또한 지나가리라 / 그러니 / 반드시 새로운 날이 올 때까지 버텨 / 태양은 떠오르니까..."

플라톤이 세운 아카데미아 출신 아리스토텔레스는 '희망은 잠자고 있지 않는 인간의 꿈'이라 했다. 다시 말하면 희망은 관용과 이해를 먹고 자라서 새로운 의지를 일으켜 찬란한 태양을 노래하는 것이다.

"반드시 새로운 날이 올 때까지 버텨"라며 '님'에게 용기를 주는 표현은 화자의 성정이 드러난 시어詩語라서

눈물샘을 자극하게 하는 숨은 의미가 흐벅지다.

미상불 인간에게 인향人香이 나는 것이 고난의 숲을 지나왔을 때 드러나는 품성의 일이라면 거친 황야를 지나온 의지는 인간의 고귀성을 드높이는 작용을 한다. 하여 메테링크의 〈몬나반나〉에서는 '비켜라 운명아 내가 간다'를 노래했고, 괴테는 〈용기〉라는 시에서 '겁낼 것 없이 달려가라 얼음판 위를 / 가장 대담한 사람의 손으로도 열리지 않는 문일지라도 / 너 자신이 그 문을 열라....'를 호소한 이면에는 모두 절망에의 구제방법을 우회적인 용기와 격려로 노래한 문학작품들이라 하겠다. 왜냐하면 인간사는 행복의 물살만이 흐르는 것이 아니고 파도와 고난이 동반하여 엄습하기 때문에 이를 잘 넘기는 방법은 화자의 성정에서 비롯한 관용만이 지혜롭다 하겠다.

김영승 시인은 시詩로써 인생을 말하고 자연을 노래하고 그리고 휴머니즘을 발하는 기교는 곧 언어의 운용에서 탁월한 미래를 기대하는 요소가 되리라 확신한다.

6. 마무리 - 김영승 시인의 작품은 광활廣闊하다

시의 역사는 4800년 전 서사시 〈길가메시Gilgamesi〉에서 시작했다. 길가메시는 우루크 도시의 왕으로, 신과 인간의 혼혈로 태어났다는 믿거나 말거나의 실존 인물로 자신의 불멸성을 찾기 위해 여러 모험을 떠나며 그 과정에서 여러 신들과 괴물들과 싸우는 이야기로 쓰여 진 서사시敍事詩이다.

서정시抒情詩는 고대 그리스의 시인 사포*Sappho*로부터 출발하여 -시는 어디까지나 서정성의 깊이를 천착하고 탐색하는 일이 본령本슈임을 누구나 알고 있다. 작금에 시와 산문의 경계가 모호한 것도 시대의 변화에 따름이지만 어디까지나 서정성의 시는 영원한 감동의 산물임은 주지의 사실이다.

김영승 시인의 시는 나이의 숙성에 경험의 다양성과 보폭 넓은 인간애의 점철과 사고의 폭 또한 매우 넓어서 사물을 시로 다루는 시선이 광활廣闊하다.

시詩는 경험의 층이 두터울수록 철학을 수용하는 길이 열리고 여기에 시적 상상력이 더해지면 진리에 접근하는 시의 위상이 밝아지는데 이 모두를 아우르는 결론, 바로 김영승 시인이 그렇다.

김영승 시인은 진도문화예술을 대변하고 발전시키는데 일조하고 있다.